LEKTÜREHILFE

Die Lektion

Eugène Ionesco

LEKTÜRE HILFE

Die Lektion

Eugène Ionesco

Verfasst von Baptiste Frankinet
Übersetzt von Gerda Fischer

DER QUERLESER

Auf derQuerleser.de findest Du:
Zahlreiche verständliche und
detaillierte Lektürehilfen in
Nullkommanichts in digitaler
Version oder als Taschenbuch.

EUGENE IONESCO   **5**

Französischer Dramatiker und Essayist   5

DIE LEKTION   **6**

Die absurde Lektion eines Lehrers für seinen Schüler   6

ZUSAMMENFASSUNG   **7**

Eine ganz besondere Lektion   7

Ein vorahnungsvoller Schmerz   8

Auf dem Weg zu einem tragischen Ende   9

UNTERSUCHUNG DER CHARAKTERE   **10**

Die Schülerin   10

Der Lehrer   11

Die Gute   13

SCHLÜSSEL ZUM LESEN   **14**

Narratives Schema   14

Eine Tragödie?   15

Grinsende Komik   17

Die Zerstörung der Sprache   19

Sprache als Symbol der Macht   20

Eine Satire auf das Bildungswesen   21

Ein unerbittliches Ende   22

Ein repräsentatives Werk des absurden Theaters   24

Die Rezeption des Werks   26

DENKANSTÖSSE   **27**

Einige Fragen, um Ihre Überlegungen zu vertiefen…   27

WEITERFÜHRENDE INFORMATIONEN   **29**

Referenzausgabe   29

Referenzstudien   29

EUGENE IONESCO

FRANZÖSISCHER DRAMATIKER UND ESSAYIST

- **Geboren 1909 in Slatina (Rumänien)**
- **Gestorben 1994 in Paris**
- **Einige seiner Werke:**
  - *Die kahle Sängerin* (1950), Theaterstück
  - *Rhinoceros* (1959), Theaterstück
  - *Le roi se meurt (Der König stirbt)* (1962), Theaterstück

Eugène Ionesco wurde als Sohn eines rumänischen Vaters und einer französischen Mutter geboren. Ein Jahr nach seiner Geburt kam er nach Frankreich und wurde 1951 als Franzose eingebürgert. Sein Theaterwerk (*La Cantatrice chauve*; *La Leçon*, 1951; *Les Chaises*, 1952 usw.) hat die Literaturlandschaft geprägt: Heute ist er einer der weltweit meistgespielten französischen Dramatiker. Da er darauf bedacht war, verstanden zu werden, hinterließ er viele Kommentare zu seinem Werk (*Notes et contre-notes*, 1962; *Journal en miettes*, 1967, usw.). Er wurde 1970 in die Académie française gewählt.

Ionesco ist der Anführer des absurden Theaters, einer neuen Theatergattung, die nach dem Zweiten Weltkrieg (1939-1945) die Regeln des klassischen Theaters auf den Kopf stellt.

DIE LEKTION

DIE ABSURDE LEKTION EINES LEHRERS FÜR SEINEN SCHÜLER

- **Genre:** Theater (Tragödie)
- **Referenzausgabe:** *La Leçon*, Paris, Gallimard, Coll. „Folio théâtre", 1994, 131 S.
- **1ʳᵉ Ausgabe:** 1951
- **Themen:** Versuchung, Mord, Begehren, Sprache, Macht, Lehre

Das einaktige Stück *La Leçon* wurde 1950 geschrieben und einige Monate später aufgeführt. Ionesco spielt darin einen alten Lehrer, der eine junge Studentin bei sich zu Hause empfängt, die ihn um Nachhilfe bittet. Im Laufe des Stücks wird die Lektion immer komplizierter und die Kommunikation zwischen Lehrer und Schülerin bricht ab. Die Geschichte endet mit der Ermordung der jungen Frau durch ihren Lehrer.

Heute ist *La Leçon* eines der meistgespielten und meistgelesenen Stücke von Eugène Ionesco. Diese Tragödie zeichnet sich dadurch aus, dass sie jedem die Möglichkeit gibt, sie auf seine eigene Weise zu interpretieren.

ZUSAMMENFASSUNG

Das Stück hat keine Unterteilung in Szenen oder Akte. Es wird von drei Personen gespielt: dem Lehrer, der Schülerin und dem Dienstmädchen des Lehrers.

EINE GANZ BESONDERE LEKTION

Eine junge Studentin, die plant, sich auf die „Prüfung zum totalen Doktortitel" vorzubereiten, um ihre Eltern zufrieden zu stellen, geht zu einem Lehrer, um Privatunterricht zu nehmen.

Die beiden unterhalten sich zunächst über Banalitäten, eine Gelegenheit für den Lehrer, das Grundwissen des Mädchens zu testen. Als das Mädchen dem Lehrer erklärt, dass sie „[ihm] zur Verfügung" (S. 33) steht, weckt sie in ihm Begehren, und es wird deutlich, dass die Beziehung zwischen den beiden Figuren zweideutig ist. Der lüsterne Charakter des Lehrers wird in den Didaskalien betont (z. B. werden seine Blicke oft als „libidinös" bezeichnet) und taucht auch in kuriosen Repliken auf, insbesondere wenn er mathematische Operationen erklärt und sie mit skurrilen Beispielen illustriert, die sich auf den Körper der Schülerin beziehen: „Wenn Sie zwei Nasen gehabt hätten und ich Ihnen eine davon abgerissen hätte... Wie viele würden Sie jetzt noch haben?" (S. 45).

Danach schließt er an eine Lektion in Arithmetik an. Der Unterricht beginnt in Form von Fragen und Antworten.

Die junge Studentin, die auf den ersten Blick brillant wirkte, offenbart jedoch nach und nach erhebliche Wissenslücken. Als es um die Addition auf der einfachsten Stufe geht (1 + 1, 2 + 1 usw.), scheint der Lehrer über die Tatsache zu staunen, dass sie diese elementare Stufe des Wissens beherrscht. Als er jedoch die Subtraktion in Betracht zieht, stellt er fest, dass sie nicht in der Lage ist, über einfache Daten nachzudenken (es ist ihr unmöglich, 4 – 3 zu lösen oder herauszufinden, ob 3 größer als 4 ist). Paradoxerweise gelingt es ihr, äußerst komplexe Berechnungen durchzuführen (S. 52), da sie sich alle möglichen Multiplikationen gemerkt hat.

EIN VORAHNUNGSVOLLER SCHMERZ

Der Lehrer zeigt sich leicht entnervt über einen Erfolg, der offensichtlich nicht mit der traditionellen Reflexion einhergeht, die für diese Art von Übung erforderlich ist. Nach der Arithmetik folgt die Vorlesung in Philologie, und die Beziehung zwischen Lehrer und Schülerin beginnt sich zu verschlechtern. Der Lehrer wird von seinem Elan mitgerissen und durch die Unterbrechungen der jungen Frau verärgert, so dass er bedrohlich wirkt.

Die Schülerin meldet sich nur noch zu Wort, um sich ständig über Zahnschmerzen zu beklagen. Der Lehrer ruft die Haushälterin, die in den Schmerzen der Schülerin sofort ein Symptom für den tödlichen Ausgang der Stunde erkennt: Sie weiß, dass dies nicht die erste Schülerin ist, die sich für eine Nachhilfestunde meldet. In Wirklichkeit ist es bereits das vierzigste Mal an diesem Tag, dass ihr Chef so handelt, und dieses Karussell wiederholt sich täglich. Sie versucht einzugreifen, wird aber in die Küche zurückgeschickt.

AUF DEM WEG ZU EINEM TRAGISCHEN ENDE

Der Lehrer ist außer sich, beschimpft und bedroht sie und beginnt eine Hypnosesitzung, die von den Forderungen des Wortes und der Allmacht seines eigenen Verlangens bestimmt wird. Während der Lehrer sie umkreist, wird die Schülerin gezwungen, ein und dasselbe Wort zu wiederholen: „Messer", eine unheilvolle Ankündigung ihres Schicksals.

Die junge Frau klagt über Schmerzen im Hals, in den Schultern, Brüsten, Hüften, Schenkeln und im Bauch. Schließlich schwingt der Mann ein Messer: Er vergewaltigt und tötet sie. Sofort nach der Tat gerät der Lehrer in Panik und ruft sein Dienstmädchen zu Hilfe.

Er ist hilflos und weigert sich, seine Fehler einzugestehen. Er wird jedoch von der Haushälterin zur Ordnung gerufen, die ihn wie eine Mutter belehrt, weil sie sein Verhalten satt hat. Der Lehrer bedauert seine Taten und scheint sie zu bereuen, doch eine neue Schülerin klingelt an der Tür und setzt damit den endlosen Kreislauf fort...

UNTERSUCHUNG DER CHARAKTERE

Mit Ausnahme des Dienstmädchens, das den Vornamen Marie trägt, werden die beiden anderen Figuren nie anders als nach ihrer sozialen Funktion benannt, nämlich „der Lehrer" und „der Schüler".

Auf den ersten Blick erscheinen diese Figuren, die keine Identität haben und nur auf ihren Status reduziert sind, flach und dünn. Die Didaskalien liefern dem Leser jedoch detaillierte Informationen, die ihre Entwicklung im Laufe des Stücks und ihre Beziehungen zueinander hervorheben.

DIE SCHÜLERIN

Das 18-jährige Mädchen strahlt Frische und Fröhlichkeit aus. Sie ist mit einer „grauen Schürze, kleinem weißen Kragen" bekleidet und trägt als Accessoire ein „Handtuch unter dem Arm" (S. 23). Ihr so beschriebenes Aussehen lässt vermuten, dass sie aus einer guten, wahrscheinlich bürgerlichen Familie stammt, was durch ihre soziale Herkunft bestätigt wird („meine Eltern sind ziemlich wohlhabend", S. 31; „junges Mädchen von Welt", S. 26). Ihr Ziel ist es, ihre Eltern zufrieden zu stellen, indem sie den von ihnen vorgegebenen Weg einschlägt.

Ihre Figur entwickelt sich im Laufe des Stücks: Sie ist redselig und selbstbewusst, lässt sich aber nach und nach von der Haltung und den Fragen des Lehrers, die sie nicht beantworten kann, verunsichern und schließlich überfordern. Sie zieht sich nach und nach in sich selbst zurück. Sie fühlt sich überfordert. Sie versucht jedoch, sich Gehör zu verschaffen, indem sie fast zwanghaft immer wieder die gleichen Worte wiederholt („Ich habe Zahnschmerzen").

Ihre Rolle im Stück ist umso bedeutender, als sie ihren Beziehungen eine besondere Dimension verleiht: Von der anfänglich glatten und höflichen Studentin ist sie schnell von der Situation überfordert, ein Opfer der Macht des Professors, wenig durchsetzungsfähig und reaktionslos; eine Unterwerfung, die im Übrigen an ihre Beziehung zu ihren Eltern erinnert, die ihr gewissermaßen aufzwingen, diesen Wettbewerb zu absolvieren („Meine Eltern wünschen auch, dass ich mein Wissen vertiefe. Sie wollen, dass ich mich spezialisiere", S. 30; „Meine Eltern [...] möchten, dass ich meinen gesamten Doktortitel mache", S. 31). Schließlich erscheint sie als austauschbare Figur; ohne Vor- und Nachnamen, inkonsistent, hat sie keine markante Persönlichkeit und verschmilzt dann mit den 40 Schülern, die vor ihr waren, und den Schülern, die nach ihr bei dem Lehrer sein werden.

DER LEHRER

Als „kleiner alter Mann mit weißem Bart", der einen „langen schwarzen Schulmeisterkittel" (S. 25) trägt, ist er das Stereotyp eines Lehrers, sowohl was sein Aussehen als auch was seine anfänglich ehrerbietige Haltung angeht. Sein psychologisches Porträt bleibt jedoch nicht stabil, sondern entwickelt sich erheblich weiter: Von unbehaglich, schüchtern, bis an die Grenze zur Lächerlichkeit (seine Stimme ist „ziemlich dünn", S. 24; die Auslassungspunkte zeigen seine zahlreichen Zögerungen, wenn er nach Worten sucht; eine Didaskale weist darauf hin, dass er leicht stottert), wird er dominant, dann pervers bis hin zu mörderisch, bevor er sich hilflos wie ein kleiner Junge wiederfindet.

Sozial verkörpert er sowohl Autorität als auch Wissen. Die Fragen, die er dem Mädchen stellt, sind jedoch mehr als elementar, und seine Pädagogik ist einzigartig: Er macht seiner Schülerin übertriebene Komplimente, bevor er seine Macht missbraucht, indem er einerseits seinen Status als Lehrer nutzt, um seine Schülerin einzuschüchtern, und andererseits seinen Status als Chef, um sein Dienstmädchen zu entlassen. Diese doppelte Dialektik von Lehrer/Schüler und Chef/Haushälterin unterstreicht seine Beziehungsschwierigkeiten und seine gefährlich instabile Haltung. So spricht er die Schülerin zunächst sehr höflich an („Ich bin nur Ihr Diener", S. 33) und siezt sie, bevor er sie duzt, sie dann beleidigt und schließlich bedroht („Nicht frech werden, Mignonne, oder wehe dir", S. 76) – alles Schritte, die ihn schließlich zum Mord führen.

Als Hauptfigur in *Die Lektion*, die offensichtlich an einer gespaltenen Persönlichkeit leidet, verkörpert er sowohl die Absurdität als auch den Wahnsinn.

DIE GUTE

Marie, das Hausmädchen des Lehrers, ist eine „starke" Frau, „45 bis 50 Jahre alt", „rothaarig" und trägt eine „bäuerliche Kopfbedeckung" (S. 23). Sie erscheint somit als einfache, ereignislose Hausangestellte im Dienst ihres Chefs und empfängt die Schülerin vor der Ankunft des Lehrers gebührend.

Ihr psychologisches Profil ist jedoch nicht weniger komplex. Sie weist eine gewisse Doppelzüngigkeit auf, insbesondere in ihrer Beziehung zum Lehrer. Auf der Beziehungsebene befolgt sie zwar die Anweisungen ihres Chefs, zögert aber nicht, ihre untergeordnete Rolle zu verlassen und sich offen an ihn zu wenden oder ihn sogar zu bedrängen. Sie greift zweimal von sich aus ein, um ihn zu warnen. Als sie in dem Raum verweilt, in dem der Unterricht stattfindet, warnt sie ihn („Seien Sie vorsichtig, ich empfehle Ihnen Ruhe", S. 34; „Arithmetik [...] das nervt", S. 35), dann stört sie den Unterricht erneut, als der Lehrer auf Philologie zu sprechen kommt, um ihm zu sagen, dass „Philologie zum Schlimmsten führt" (S. 55), bevor sie ihn ein letztes Mal warnt: „das letzte Symptom! Das große Symptom!" (S. 79). Außerdem zögert sie am Ende nicht, ihren Chef zu tadeln, indem sie sich „sarkastisch" und „sehr hart" (S. 35) zeigt, bevor sie ihn bemitleidet und beruhigt.

Die Entwicklung dieser Figur erweist sich insofern als zyklisch, als dass sie am Ende wieder das eutselige und respektvolle Dienstmädchen ist, das eine neue Schülerin auf die gleiche Weise begrüßt, wie sie die vorherige begrüßt hatte, sich aber der Risiken bewusst ist.

SCHLÜSSEL ZUM LESEN

NARRATIVES SCHEMA

Ausgangssituation: Dies ist der Beginn der Geschichte, der Moment, in dem die Kulisse gepflanzt und die Figuren vorgestellt werden; die Situation ist ausgeglichen, d. h. es gibt keinen Grund, sich zu verändern.

- Ankunft der Schülerin, die vor Beginn des Nachhilfeunterrichts vom Hausmädchen begrüßt wird.

Störfaktor: Ist ein Ereignis, das die Ausgangssituation stört und die eigentliche Geschichte auslöst.

- Mehrdeutigkeit der Äußerungen des Schülers („Ich stehe Ihnen zur Verfügung", S. 33), die beim Lehrer libidinöse Impulse hervorrufen.

Peripetien: Das sind die Ereignisse, die durch das störende Element ausgelöst werden und zu der Handlung oder den Handlungen führen, die der Held zur Lösung des Problems unternimmt.

- Die Unruhe und Erregung des anfangs unbehaglichen Lehrers nimmt mit jedem Fach zu; das Dienstmädchen warnt ihren Chef mit mehr oder weniger unausgesprochenen Worten; der Unterricht in Arithmetik und dann in Philologie geht mit einer Verzehnfachung der verbalen Gewalt des Lehrers einher; die Schülerin klagt unaufhörlich über Zahnschmerzen; der Lehrer ist zunehmend angespannt, wenn es um das Wort

„Messer" geht, das er seine hypnotisierte Schülerin wiederholen lässt.

Auflösung: Sie beendet die Wendungen und führt zur Endsituation.

* Vergewaltigung und Ermordung des Mädchens durch ihren Lehrer am Ende einer verwirrenden Vorlesung.

Endsituation: Dies ist das Ende der Geschichte. Die Situation ist wieder stabil wie die Ausgangssituation, hat sich aber verändert.

* Der Lehrer gerät in Panik und wird bald von seiner Haushälterin begleitet, die von der Beerdigung von 40 anderen Schülern berichtet, bevor eine neue Schülerin eintrifft.

EINE TRAGÖDIE?

Gleich zu Beginn stellt Ionesco sein Stück als ein komisches Drama vor. Allerdings hält es sich an einige Merkmale der klassischen Tragödie: Es gibt nur eine Haupthandlung (eine Unterrichtsstunde, die ein Lehrer seiner Schülerin erteilt), die sich an einem einzigen Ort (im Haus des Lehrers) und in einer recht kurzen Zeitspanne abspielt. Die Handlung folgt einem normalen dramatischen Verlauf:

* eine Ausstellung, während der der Rahmen der Geschichte gesetzt wird;

* ein Knoten, der nach und nach in der Beziehung zwischen Lehrer und Schülerin entsteht;

- ein Ende, das durch den Tod der Schülerin gekennzeichnet ist.

Außerdem kann der Leser/Zuschauer, wie in der klassischen Tragödie, das Schicksal der Schülerin anhand der Textindizien im Dialog leicht erkennen. Darüber hinaus verwendet die Schülerin mehr als häufig das Register der Klage („Ah, non! Verdammt noch mal! Ich habe genug! Et puis j'ai mal aux dents, j'ai mal aux pieds, j'ai mal à la tête.", S. 80), und sobald sie die Kontrolle über ihren Gesprächspartner verliert, verwendet sie ein ängstliches Register voller Zögern („Les roses de ma grand-mère sont aussi… jaune, en français, ça se dit jaune? „, S. 67; „Les… comment dit-on ‚roses' en roumain?", S. 70; „Excusez-moi, monsieur, mais… […] je ne sais pas la différence.", *id.*).

Es gibt jedoch mehrere Elemente, die uns davon abhalten, zu sagen, dass es sich um eine echte Tragödie handelt. Es gibt viele komische Elemente, die den tragischen Wert des Stücks abschwächen:

- das Lächerliche ist in den Lektionen über Arithmetik und Philologie allgegenwärtig;

- Die Schülerin ist weit entfernt vom klassischen tragischen Helden; sie weiß nicht, welches Schicksal ihr bevorsteht, und anstatt diesem Schicksal mutig entgegenzutreten, scheint sie zu resignieren und sich völlig dem Willen ihres Lehrers zu unterwerfen;

- Der auf der Bühne gezeigte Mord verstößt gegen die Anstandsregel, dem Publikum nichts Anstößiges zu zeigen;

- Der tragische Aspekt wird durch die letzten Worte des Stücks völlig relativiert. Sobald das Dienstmädchen uns mitteilt, dass es sich um den vierzigsten Mord handelt, der jeden Tag begangen wird, verschwindet die Dramatik der dargestellten Szene vollständig und macht der Absurdität Platz. Das Ende und der Neuanfang nehmen der Mordszene die Tragik und machen sie zu einem Nicht-Ereignis, einer bedeutungslosen Tatsache.

GRINSENDE KOMIK

Auch der Untertitel des Werkes, „Komisches Drama", verweist auf das komische Register. Dies bestätigt sich während des gesamten Stücks. Es werden zahlreiche Verfahren eingesetzt, um dieser Tragödie komische oder sogar burleske Konnotationen zu verleihen. Diese sind größtenteils mit dem Lehrer verbunden.

Zu der lächerlichen Figur des Lehrers mit der „dünnen Stimme" (S. 24) kommt sein anfängliches Verhalten hinzu: Er entschuldigt sich immer wieder: „Ich weiß nicht, wie ich mich dafür entschuldigen soll, dass ich Sie habe warten lassen… Ich war gerade dabei… nicht wahr… Ich entschuldige mich… Sie werden mir verzeihen" (S. 27). Ihr Unbehagen ist deutlich spürbar. Es gibt viele Auslassungspunkte, die vielleicht auf ein leichtes Stottern hindeuten. Er zögert und sucht nach Worten.

Es fällt auch eine Diskrepanz zwischen dem von der Studentin vorbereiteten „totalen Doktorandenwettbewerb" und dem Niveau der sehr elementaren Fragen, die der Lehrer stellt, auf. Er fragt sie zum Beispiel nach den Jahreszeiten und lässt sie dann Zahlen addieren. Was die Subtraktionen betrifft, so ist die Schülerin nicht in der Lage, diese zu lösen. Die Äußerungen des Lehrers sind oft unpassend oder sogar bedeutungslos (z. B. wenn er sagt, dass er gerne in Bordeaux leben würde, obwohl er diese Stadt nicht kennt, S. 27-28). Seine Logik und seine Pädagogik sind launisch.

Zu Beginn des Stücks greift der Lehrer ständig auf Übertreibungen zurück, die ein grundlegendes Element des komischen Registers sind. Er entschuldigt sich wiederholt und ohne Grund: „Ich weiß nicht, wie ich mich entschuldigen soll […]. Ich entschuldige mich… Sie werden mich entschuldigen…" (S. 27); „Meine Entschuldigung." (*id.*); „Mut… Fräulein… Ich entschuldige mich… Geduld" (S. 28); „Ich entschuldige mich, Fräulein, ich wollte es Ihnen sagen" (S. 29); „Ich entschuldige mich, dass ich gezwungen bin, Ihnen zu widersprechen" (S. 39). Er ist erstaunt über das sehr rudimentäre und lückenhafte Wissen seiner Schülerin; er macht ihr übertriebene, unangemessene Komplimente: „Mais oui, mademoiselle, bravo, mais c'est très bien, c'est parfait. Mes félicitations", S. 28); „Magnifique! Sie sind herrlich! Sie sind exquisit! Ich gratuliere Ihnen herzlich, Mademoiselle. […] Was die Rechnung angeht, sind Sie meisterhaft" (S. 39). Er verwendet auch sehr häufig Hyperbeln, zum Beispiel wenn er sich Sorgen macht, ob seine Schülerin nicht „erschöpft" ist, nachdem er sie Additionsaufgaben lösen ließ („Sagen Sie mir nur, wenn Sie nicht erschöpft sind, wie viel ist vier minus drei?", *ebd.*).

Seine Worte sind oft unpassend oder sogar unanständig, besonders nach dem Mord an dem Mädchen: „Nicht zu teuer, trotzdem, die Kronen. Sie hat ihre Lektion nicht bezahlt." (S. 88) Schließlich werden Dinge erwähnt, die es nicht gibt, wie der „Wettbewerb für den totalen Doktortitel" oder das „supra-totale Diplom".

Durch diese Figur wird die Komik des Stücks ad absurdum geführt.

DIE ZERSTÖRUNG DER SPRACHE

Wie in *La Cantatrice chauve* versucht Ionesco, die kommunikative Funktion der Sprache zu zerstören. Dazu bedient er sich verschiedener Mittel:

- erstens stellt er zwei Figuren in den Mittelpunkt, die sich unterhalten, ohne einander wirklich zuzuhören: Der Lehrer spricht beispielsweise über Konsonanten, „die ihre Natur in Verbindungen ändern", während die Schülerin wiederholt, dass sie Zahnschmerzen hat, und fortfährt, ohne dies zu beachten („Continuons.", S. 61). Auch wenn der Zuschauer zunächst den Eindruck hat, dass eine Verbindung zwischen ihnen entsteht, bleibt jeder in seiner Welt und weigert sich, in die Welt des anderen einzugreifen. Die Hauptfunktion der Sprache wird also auf Null reduziert und taucht erst nach dem Mord wieder auf;

- zweitens entwickelt Ionesco eine konventionelle Sprache bis zum Exzess, die außerhalb des Kontextes, in dem sie operiert, keine Bedeutung hat. Die Höflichkeitsfloskeln zum Beispiel werden vervielfacht.

An ihnen lässt sich messen, wer die Oberhand über den anderen hat. Während es zu Beginn des Stücks der Lehrer ist, der möglichst viele „Fräulein" verwendet, ist es am Ende die Schülerin, die mit unzähligen „Herr" bettelt. Außerdem verwendet der Lehrer viele Schimpfwörter, die dem Kontext, in dem die Szene stattfindet, nicht angemessen sind;

• schließlich führen die häufigen Wiederholungen dazu, dass einige Szenen ihren Sinn verlieren, und ermöglichen es, das Absurde in die Sprache zu bringen.

Diese Absurdität der Sprache ist durch die Übersetzungsstunde sehr präsent. Der Lehrer bringt seiner Schülerin das Wort „Messer" in allen Sprachen bei, bevor er sie dieses Wort in einer einzigen Sprache, dem Französischen, wiederholen lässt. Außerdem gibt er vor, ihr „Neospanisch" beizubringen, ein Idiom, das es gar nicht gibt. Diese Szene ist daher sehr repräsentativ für die Bedeutungslosigkeit des Dialogs zwischen der Schülerin und dem Lehrer. Auch die ständige Wiederholung des Wortes „Messer" entleert es seiner Bedeutung und verwandelt es in eine Onomatopöie. Die Laute [k] und [t] erinnern, wie Ionesco in seiner Didascalie andeutet, an das mechanische Ticken einer Uhr.

SPRACHE ALS SYMBOL DER MACHT

In *La Leçon* scheinen die beiden Figuren zwei verschiedenen Welten anzugehören. Der eine, dominant und gewalttätig, beharrt darauf, der anderen, beherrschten Person, die nicht zuhören will und völlig auf sich selbst konzentriert bleibt, einen unverständlichen Stoff zu vermitteln. Der Lehrer ist entnervt über die mangelnde Kontrolle, die er über seine Schülerin hat, und setzt die Sprache als Mittel ein, um den anderen zu besitzen. Seine Funktion als Lehrer verleiht ihm Autorität über seine Gesprächspartnerin, und durch die Autorität der Sprache und seines Wissens gelingt es ihm, sie vollständig zu beherrschen und seine Schülerin schließlich zu töten.

Das Wort, das zunächst von Höflichkeitsfloskeln und freundlichem Verhalten bestimmt wird, gerät allmählich außer Kontrolle, bis es das mörderische Objekt – das Messer – real werden lässt. Es ist die repräsentative Kraft des Wortes, die das Mädchen ermordet.

Schließlich ist es der Dialog, der den Professor in eine Art Schizophrenie treibt. Nachdem er den Mord begangen hat, verhält er sich, als wäre er aufgewacht und ein unbewusster Doppelgänger hätte an seiner Stelle gehandelt. Er wird wieder zu dem schüchternen und beeinflussbaren Charakter, der er war, und weigert sich zu glauben, dass er zu einer solchen Tat fähig war.

EINE SATIRE AUF DAS BILDUNGSWESEN

Das Stück bietet auch eine Karikatur des Unterrichts. Ionesco macht sich einen Spaß daraus, zu zeigen, dass die Sprache, die als Hauptträger des Unterrichts dient, völlig bedeutungslos sein kann. Als der Lehrer beispielsweise vorschlägt, die sprichwörtliche Redewendung

„tomber dans l'oreille d'un sourd" zu analysieren, sagt er: „Les sons, Mademoiselle, doivent être saispés au vol par les ailes pour qu'ils ne tombent pas dans les oreilles des sourds. Wenn Sie sich also zur Artikulation entschließen, empfiehlt es sich, soweit möglich, Hals und Kinn sehr hoch zu heben, sich auf die Zehenspitzen zu stellen, halten Sie, so sehen Sie [...]." (S. 59) So bleibt der Lehrer, entgegen dem, was sein Beruf von ihm verlangen würde, bei einem Verständnis auf der ersten Stufe des Ausdrucks, den er zu erklären versucht.

Außerdem schlägt er oft einen meisterhaften Ton an, um Dinge zu erklären, die er als logisch darzustellen versucht, die aber völlig unwahrscheinlich sind. So erwähnt er zum Beispiel einen bestimmten Mitschüler, der an einem Aussprachefehler litt: „Er konnte den Buchstaben f nicht aussprechen. Statt f sagte er f. So sagte er statt fontaine, je ne boirairai pas de ton eau: fontaine, je ne boiraiai pas de ton eau." (S. 63) Beim Lesen gibt es offensichtlich keinen Unterschied zwischen diesen beiden Sätzen. Ähnlich verhält es sich, wenn sie die verschiedenen Übersetzungen des Wortes „Messer" in Betracht ziehen: „Es wird genügen, dass Sie das Wort Messer in allen Sprachen aussprechen" (S. 79), und später: „Ah, si vous y tenez, cou, couteau. Das ist Neuspanisch...", „Wenn man so will, ja, Neuspanisch, [...] Und außerdem, was soll diese sinnlose Frage?" (S. 81).

EIN UNERBITTLICHES ENDE

Über das ganze Stück verstreute Hinweise kündigen das bevorstehende makabre Ende an. Der Rhythmus wird allmählich rasant, die Zeilen werden ausgetauscht, ohne aufeinander zu antworten, in einer Art Stichomythie, einer Aneinanderreihung, aus der die Auslassungspunkte, die man zu Beginn des Stücks sah, völlig verschwunden sind.

Die Warnungen des Dienstmädchens, die zunächst rätselhaft und implizit sind („Seien Sie vorsichtig, ich empfehle Ihnen Ruhe", S. 34; „Sie werden nicht sagen, dass ich Sie nicht gewarnt habe", S. 35), werden immer klarer, je mehr der Lehrer die Oberhand über die Schülerin gewinnt, sie beherrscht und sie in den Sog seines Wahnsinns hineinzieht.

Die scheinbar harmlosen Warnungen des Lehrers selbst erhalten im Lichte ihres Verbrechens eine ganz andere Bedeutung: „Sie werden lernen, dass man mit allem rechnen kann." (S. 29) Später droht er ihr: „Machen Sie mich nicht wütend! Ich werde mich nicht mehr für mich verantworten." (S. 72); und dann, als er von seinen Zähnen spricht: „Ich werde sie Ihnen ziehen!" (S. 74). Die Drohung wird dann noch deutlicher: „Schweigen Sie! Oder ich schlage Ihnen den Schädel ein!" (*id.*); „Ich reiße Ihnen die Ohren ab, damit sie Ihnen nicht mehr weh tun, meine Süße!" (S. 81).

Der lüsterne Charakter des Professors wird bereits in den ersten Didaskalien angedeutet („das lüsterne Leuchten seiner Augen wird schließlich zu einer verzehrenden, ununterbrochenen Flamme werden" S. 26).

Die Verweise auf die Körperteile des Mädchens häufen sich: Zunächst werden zwei Sinnesorgane, die Nase und dann das Ohr, erwähnt, die als Illustration für die Lektion dienen („Wenn Sie zwei Nasen gehabt hätten, und ich hätte Ihnen eine abgerissen…", S. 45; dann, in Anspielung auf ihre Ohren: „Sie haben zwei, ich nehme eine, ich fresse Ihnen eine weg", *id.*).

In einigen Repliken wird der Tod deutlicher angesprochen, z. B. wenn der Lehrer zu der Schülerin sagt: „Erinnern Sie sich bis zur Stunde Ihres Todes daran…". (S. 59), woraufhin sie unschuldig erwidert: „Oh ja, Monsieur, bis zur Stunde meines Todes…", womit sie seine Worte unterstützt, ohne sich dessen wirklich bewusst zu sein.

Schließlich lässt das Auftauchen des (unsichtbaren) Messers, das er aus einer Schublade nimmt und schwingt, das Schlimmste erahnen („Er schwingt das Messer vor den Augen der Schülerin" S. 80; „das Messer tötet…" S. 83). Dann wird die Gewalt des unkontrollierbaren Wortes zu physischer Gewalt: Die Macht der Worte hat es geschafft, das Fleisch zu erreichen, und die Szene wird erneut gespielt – bis zur Erschöpfung?

EIN REPRÄSENTATIVES WERK DES ABSURDEN THEATERS

La Leçon ist eine schräge und burleske Inszenierung von Menschentypen, oder besser gesagt von Figuren, die entmenschlicht, ohne eigene Identität und bis zum Exzess karikiert erscheinen, und spielt mit den Themen Tod und Absurdität. Dies sind Themen, die im absurden Theater häufig vorkommen.

Laut dem Kritiker Martin Esslin „zeigt das absurde Theater [die condition humaine] einfach in der Existenz, d. h. konkrete Bilder illustrieren auf der Bühne die Absurdität der Existenz" (*Encyclopédie de la littérature*, Paris, Le Livre de Poche, 2003, S. 4-5). Hier kann man hinzufügen, dass der absurde Charakter des Stücks in der Kommunikationsunfähigkeit oder vielmehr in der Schwierigkeit der Kommunikation zwischen den Figuren liegt, insofern als man sich oft mit einem Dialog der Tauben konfrontiert sieht. Dies ist in *La Leçon* insofern bedeutsam, als die Schülerin sich über ihre körperlichen Schmerzen beklagt, und zwar durch Äußerungen, die ins Leere fallen, wie eine Litanei des Nichts.

Außerdem verwandelt Ionesco, der „alle Register der Unlogik der Sprache zieht", „den Menschen in eine päpstliche Marionette" (*id.*), was bei dem Lehrer in *La Leçon* der Fall ist.

Schließlich, so Pascal Riendeau, „verbinden sich die Stücke [des absurden Theaters] durch ihren ungewöhnlichen Charakter und vermischen auf ungewöhnliche Weise tragische Elemente und komische Situationen", Züge, die sich auch in Ionescos Stück wiederfinden: Auch wenn das Ende fatal ist, bringen die urkomischen Äußerungen und die inkongruenten Situationen *La Leçon* auf eine Ebene, auf der das Absurde letztlich nur das Ziel hat, das Spiel der Figuren auf ihre entmenschlichte Bedingung zu beschränken.

DIE REZEPTION DES WERKS

Ionescos *Lektion* wurde als zu avantgardistisch betrachtet oder wahrgenommen und hatte keinen unmittelbaren Erfolg, weder beim Publikum noch bei der Kritik. Ionesco war damals ein unbekannter Autor, ebenso wie die Schauspieler und der Regisseur.

Während das Stück bei seinen ersten beiden Aufführungen im Théâtre de Poche am 20. Februar 1951 und im Théâtre Lancry im Frühjahr 1952 nur mäßig aufgenommen wurde, feierte es am 7. Oktober 1952 seinen ersten Erfolg im Théâtre de la Huchette, als der Regisseur Jacques Noël die Idee hatte, La *Leçon* mit Ionescos erstem Stück *La Cantatrice chauve* zu kombinieren.

Erst 1957 wurde das Stück, das immer im Anschluss an *La Cantatrice Chauve* aufgeführt wurde, wirklich ein Erfolg. Sowohl die Zuschauer als auch die Kritiker waren sich einig, und seither wird *La Leçon* immer wieder aufgeführt und in alle Sprachen übersetzt. Bis heute wird es auf der ganzen Welt gespielt.

Für den Dramatiker sind die Register der Komik und der Tragik untrennbar miteinander verbunden, ja sogar austauschbar, was einerseits die Komplexität und Mehrdeutigkeit seiner Stücke und andererseits die unerwarteten Reaktionen der Zuschauer erklärt.

DENKANSTÖSSE

EINIGE FRAGEN, UM IHRE ÜBERLEGUNGEN ZU VERTIEFEN...

- Stellen Sie die Merkmale des Absurden in diesem Stück fest. Begründen Sie.

- Beschreiben Sie die drei Figuren. Stellen Sie sich vor, was sie unter Berücksichtigung des damaligen historischen und politischen Kontexts symbolisieren, da das Stück 1950 geschrieben wurde.

- Welche Waffe benutzt der Lehrer, um seine Schülerin zu ermorden? Warum behauptet Ionesco Ihrer Meinung nach in einer Didascalie, dass diese Waffe auch imaginär sein kann?

- Stellen Sie fest, wie die verschiedenen Gegenstände in „*La Leçon*" vorkommen. Welche Form nehmen sie an und welche Rolle spielen sie in diesem Stück? Können Sie eine Parallele zu dem Stück *Les Chaise* ziehen?

- Erklären Sie die Rolle, die die Sprache in diesem Stück spielt, und vergleichen Sie sie mit der Rolle, die sie in anderen Stücken von Ionesco spielt.

- Suchen Sie im ganzen Stück nach Hinweisen, die das Ende ankündigen.

- Stellen Sie die komischen Elemente des Stücks fest. Wozu dienen sie?

- Kann man sagen, dass *Die Lektion* eine Tragödie ist?

- Es wurde argumentiert, dass *La Leçon* ein Stück über Metamorphose sei. Was halten Sie davon? Begründen Sie Ihre Antwort mit Beispielen.

- *Die Lektion* ist ein Stück des Absurden. Vergleichen Sie es mit anderen Stücken aus derselben Richtung wie „*Die kahle Sängerin*" oder „*Warten auf Godot*" (1952) von Samuel Beckett (irischer Schriftsteller, 1906-1989). Heben Sie die Unterschiede und Ähnlichkeiten hervor, die zwischen diesen Stücken bestehen.

WEITERFÜHRENDE INFORMATIONEN

REFERENZAUSGABE

Ionesco E., *La Leçon*, Paris, Gallimard, Coll. „Folio théâtre", 1994.

REFERENZSTUDIEN

Esslin M., *Le théâtre de l'absurde*, Paris, Éditicns Buchet Chastel, 1992.

Encyclopédie de la littérature, Le Livre de Poche, 2003.

Ionesco E., *Notes et contre-notes*, Paris, Gallimard, Coll. „Folio essais", 1966.

„L'histoire", in *Théâtre de la Huchette*, abgerufen am 4. November 2011. http://www.theatre-huchette.com/un-peu-dhistoire/spectacle-ionesco/lhistoire/.

Riendeau P., „Absurde (théâtre de l')", in *Le Dictionnaire du littéraire*, Paris, PUF, 2002.

Deine Meinung ist uns wichtig!
Hinterlasse doch einen Kommentar auf der Seite
unserer Online-Buchhandlung
und teile Deine Favoriten in den sozialen Netzwerken!

derQuerleser.de

Literatur auf den Punkt gebracht!

ISBN digitale Ausgabe: 9782808686785
ISBN gedruckte Ausgabe: 9782808698184
Pflichtexemplar: D/2023/12603/1098

Cover: © Plurilingua
Logo: © Graphicrepublic (Freepik.com) und Plurilingua

Digitale Aufbereitung: Primento, der digitale Partner der Herausgeber.